울릉도

황금알 시인선 254

울릉도

초판발행일 | 2022년 10월 31일

지은이 | 박언휘
펴낸곳 | 도서출판 황금알
펴낸이 | 金永馥
주간 | 김영탁
편집실장 | 조경숙
표지디자인 | 칼라박스
주소 | 03088 서울시 종로구 이화장2길 29-3, 104호(동숭동)
전화 | 02)2275-9171
팩스 | 02)2275-9172
이메일 | tibet21@hanmail.net
홈페이지 | http://goldegg21.com
출판등록 | 2003년 03월 26일(제300-2003-230호)

울릉도

박언휘 시집

황금알

내가 태어나고 자란
울릉도는 갇힘의 세계다
동시에 열림의 세계다
울릉도는
나에게 꿈이고 사랑이고 아픔이다

내 가슴에 묻어 두었던
갇힘과 열림
그리고 나의 꿈과 사랑과 아픔을
그 누군가에게 나지막한 목소리로 들려주고 싶었다

2022년 가을 울릉도를 바라보며
박언휘

차 례

2부

3부

4부

1부

울릉도

어릴 적 눈을 뜨면
바다는 홀로 뒤척이고 있었다
가뭇없이 뒤척이는 바다를 바라보면
하늘과 맞닿은 수평선

바다는
하늘이고 땅이었다

달밤

내 고향 울릉도를 닮은 반달
안으로만 차오르던 그리움이 있어
너를 바라본다

달빛에서 들려오는 파도소리
환하고 밝은 소리가
내 가슴을 적셔 오네

이 그리움,
차마 혼자 간직할 수 없어
그대 잠든 한밤에
달빛 파도 되어 그대 가슴으로
밤새 홀로 철썩이다가

그대 눈뜨는 아침이면
다시
나 홀로 저물어 가리라.

독도

동해의 작은 섬,
내 고향 울릉도
그 곁에 홀로 선 독도

출렁이는 파도소리로
가슴이 일렁이던 그곳
밤마다 낮을 기다렸고
낮이면 또 다른 낮을 기다리며
육지로 간 님을 기다리던 당신

홀로된 독도

열아홉
첫사랑이
그리움으로 깨물은 입술로
사모하는 아픔으로
제 살갗을 꼬집어
검푸르게 멍들던 날에도
끊임없이

일렁이던 작은 섬, 독도

사라진 뱃길로
눈물로 얼룩지던 내 유년 시절
돌아올
기약 없던 오징어잡이 떠난
식이, 호야, 철이 아빠

갇혀버린 어린 가슴은
훠이훠이
갈매기가 되어 비상하고,

바다는
파도는
외로움을
수천 년간 견뎌내며
그렇게 평온함을 품어온 독도

다시는

다시는
혼자가 아니노라고,

파도소리로
잃어버린 사랑의 상처를 포효해보지만
이미
가슴앓이로
귀조차

멀어버린 당신

봄꽃

눈 속에서
피어나는 꽃망울은
봄이 옴을 알고 있습니다.

춥고 배고프다고
가난함을 한탄하지 마세요.
움츠리던 꽃망울이 꽃을 피우듯
마음이 착한 사람은
언젠가는 부자가 된답니다.
그렇지만 마음이 나쁜 사람은
꽃을 피워도 곧 시들어 버린답니다.

꽃이 봄을 알리듯
추운 이웃을
다독이는 착한 마음은
희망으로 피어나는 봄꽃입니다.

울릉도의 꿈

그해 겨울
소녀는 봄을 꿈꾸었다
중학생 교복을 입은 단발머리 소녀가
도시의 거리를 거닐며
친구와 개나리꽃처럼 종알거리는 모습을 그렸다

그해 봄
파도는 섬을 향해 몰아쳤고
배는 떠나지 못했다

석 달이나
섬은 바다 안에 갇혔다

소녀는
대구로 진학하는 꿈을 가슴에 묻어야 했다
울릉도
그 안에 갇혔다

그러나

아무리 높은 파도라도
소녀의 꿈은
갇히지 않았다.

울릉도 일기

도동항을 떠나는 뱃머리에 서서
어머니,
마음으로 불러 봅니다.
울릉도가 영원하듯 당신은 그때 그 모습으로
내 가슴에 영원합니다.

휘야, 너는 의사가 되어 병으로 고통받는 사람을 도와라
2일이라는 짧은 기간이지만
오늘 울릉도 고향 사람들의 아픔을 치유했습니다.

초등학교 다닐 적 방학이 끝나고
학교에 가면 한두 친구가 보이지 않았지요.
작은 상처이지만 병원이 없는 울릉도에서는
치료받을 수 없어
결국 목숨까지 잃고 마는 그 시절의 가슴 아린 경험입
니다.
잊을 수 없는 슬픈 기억입니다.
지금의 울릉도에 아직 의료 시설이 미흡합니다.
의사가 부족합니다

저의 손길을 기다리고 있답니다.
어머니, 제가 한 달에 한 번 울릉보건소에서
아픈 고향 사람들을 만나고 있습니다.
그들은 나의 이웃이고 아버지이고 어머니입니다.
그들의 아픔은 나의 아픔입니다.

어머니, 울릉도는 저에겐 어머니의 품입니다
한없는 사랑입니다.
어머니
휘야, 너는 의사가 되어 아픈 사람을 도와주거라
그 말씀이 다시 들려옵니다.

도동항이 멀어지면 멀어질수록,
어머니
당신의 모습은 더욱 또렷합니다.

내 가슴에 언제나 함께합니다.

꽃에 대하여 1

꽃은 아름답다

꽃은 거룩하다

열매를 남기기 위해
스스로
떨어질 줄 아니까

인간의 한계

꽃이 진다고 말하지 마라
꽃은 스스로 떨어져
열매를 키운다

당신이 꺾은 꽃은
아무리 물을 주고 정성을 기울여도
결국
떨어져 버린다

그 무엇도 남기지 못한 채

12월의 숲에서 보내는 편지

12월의 숲에 섰습니다.

앙상한 나뭇가지가 바람에 떨고 있습니다.
잎이 떨어진 나무들은 분별이 되지 않습니다
상수리나무, 떡갈나무, 버드나무,
서 있는 빛깔과 모습이 모두 같습니다
지상에는 낙엽이 쌓여 있습니다
한때 각각 다른 냄새와 모양이었습니다만
낙엽들도 냄새와 모양이 하나 같습니다
가진 것을 버리면
다 같은 모습이 됩니다
너와 나, 다르지 않고
이것과 저것이 하나인 것입니다.

한 시절 잎을 피우고 꽃과 향기를 피워
너와 다른 나를 찾아 헤맸습니다.
그래서 더 넓고 푸른 잎을 가지려고
더 아름다운 꽃과 향기를 피우기 위해
오로지 나만을 보고 지켜 왔습니다
이제 겨울 숲에서

너와 나, 하나였다는 것을 압니다

12월의 숲을 폐허라 합니다
아무것도 없는 폐허라 하지요
아닙니다 아무것도 없는 것이 아닙니다
버려서 하나가 된 우리가 있습니다
너와 나 사이의 거리가 바람길이 되어
바람이 지나갈 뿐
너의 모습이 나와 같아
내 안에서 나를 찾는 것이 아니라
너로부터 나를 찾는 것임을 알았습니다.

앙상한 나무 우듬지 너머 하늘이 보입니다
모두를 버려 오로지 나만으로 설 때
하늘을 볼 수 있었습니다.

겨울 숲 폐허에는 아무것도 없는 것이 아니라
나와 너, 그리고 우리가 있었고
하늘이 보였습니다.

울릉도로 오세요

사랑을 찾으면
울릉도로 오세요
사랑의 섬
울릉 울릉도로 오세요
푸른 물결 너엄실
사랑의 물결
파도 소리 출렁
사랑의 노래
울릉 울릉
울릉도로 오세요
사랑의 섬 울릉도로 오세요

행복을 구하면
울릉도로 오세요
행복의 섬
울릉 울릉도로 오세요
저녁 노을 지평선
행복한 설레임
밤하늘 꿈꾸는

행복의 별나라
울릉 울릉
울릉도로 오세요
행복의 섬 울릉도로 오세요

* 노래를 위한 시

울릉도 어머니

울릉도는 나의 어머니
어린 시절 파도소리 철썩임으로
바다 너머 넓은 세상 꿈꾸며
푸른 가슴 푸른 노래 불렀네
어머니 부르면,
그리운 울릉도
처음도 없고 끝도 없는 나의 사랑
영원한 나의 어머니

울릉도는 나의 어머니
시집가던 날 손 잡고 하시던 말씀
행복하여라 잘살아야 한다
파도소리 되어 지금도 들리네
어머니 부르면,
그리운 울릉도
처음도 끝도 없는 나의 사랑
영원한 우리의 어머니

* 노래를 위한 시

울릉도 그리움

떠나는 뱃고동소리
아픈 가슴으로 스며들면
가을에는 오리라며
지난 여름 떠나던 그 사람
이 가을
바닷물은 더욱 푸르고
그리움은 붉은데
울릉도 섬아씨
바다 건너 타오르는 노을만 바라보네

파도소리 하루에도
수천 번씩 사랑노래 하지만
바다 닮은 섬아씨
깊디깊은 사랑,
가없는 그리움은
너무 멀어 전하지 못하나
너무 깊어 들리지 않나
울릉도 섬아씨
바다 건너 타오르는 노을만 바라보네

※ 노래를 위한 시

2부

바람의 노래

나를 비웠다.
나를 버렸다

소나무에게 가면 솔바람이 되고
대나무를 스치면 대바람이 되었다
꽃을 스치면 꽃향기로 흐른다
간혹
폭풍으로 너를 무너뜨리고
너의 뿌리를 흔들지만
그 자리에
새 세상의 싹을 숨기는 것을 잊지 않는다

완벽하게
나를 버리는 순간,
너 앞에서 사라져
오히려 너를 안고 흔들 수 있다.

하루

출근하면 기다리는 환자들의 아픔과 마주한다
청진기에서 들려오는
그들의 몸 안의 소리들,
고통의 소리들,
그 안에 숨어 있는
말 못하는 슬픔을 찾아가면
불면이 있고 고통이 얽혀 뒤척이고 있다.

그 안에서 떠돌고 떠돌면
어느새 하루가 저문다.

봉사

꽃을 보면
마음이 환하게 밝아온다

자신을 비워 남을 채우고
스스로 디딤돌이 되어
나 아닌 너를 일으켜 세우는
당신

언제나 환한 당신의 웃음에서
꽃의
빛깔과 향기를 본다

이름

늦가을 문득 날아드는
엽서 한 장의 반가움처럼
그냥 척, 안겨오는 이름이 있다.

때로는 가문비나무처럼 꿋꿋하다가도
때로는 은사시나무처럼 떨고 있다가도
묵혀진 이름이 눈시울에 걸릴 때가 있다.

잡다한 일상 속 잊혀가는 이름인데도
생의 그늘 속 멀어져가는 이름인데도
옛날식 다방 커피 한 잔,
찌그러진 주전자 동동주 잔 위로
가물가물 떠오르다 마는 이름.
그 얼굴 그 눈빛만은 선한데도,

그냥 허옇게 웃기만 해도 좋을 우리.
세월이 긋고 간 주름 깊은 얼굴일지라도
허름한 지갑 한쪽에 꼭꼭 아껴둔 벗들,
그 이름들, 오늘은 왜 이리 동동동 떠오르는지.

이름을 부르면

문득 옹알이처럼 중얼거리는 이름이 있다
비 오는 날이 아니더라도
때로 가슴에 젖어 드는 이름이 있다

가문비나무처럼 굳건하다가도
은사시나무처럼 바르르 떨며
아무도 몰래 부르면
눈시울에 걸리는 이름,
어느새 통유리 너머에서 슬며시 나타났다
그림자처럼 사라지는 사람이 있다

아니다
그림자는 사라지지 않는다
왼쪽으로 사라지면 오른쪽에서 나타나고
다시 배후에서 따라온다.
세월이 긋고 간 주름 깊은 얼굴일지라도
허름한 지갑 한쪽에 숨겨진 사진처럼
가끔은 꺼내 볼 수 있는
거울 같은 이름들,

문득 부르면
긴 갈기를 세우고 안겨 오는 이가 있다.

장미의 소원

목련꽃 향기, 머물다 간
베르테르의 편지 속에
장미향이 스며 드는 아침 출근길
골목길 울타리 따라
즐거운 마음으로 발걸음을 옮긴다.

엊그제 달밤에 칸타타를 들려주며
달빛에 더 아름다운 자태를 드러내던
상미들이 나를 반기며 웃고 있다.

정열의 꽃이 피어 처녀 가슴 열리듯
사랑하는 이들의 뜨거운 포옹처럼
열정어린 입맞춤처럼, 울타리마다
이웃사랑이 줄을 지으면 얼마나 좋을까.

참사랑은 그대 안에 있습니다

먼 곳만 바라보았습니다
침묵하는 그대 안의 모습은 생각지도 못했습니다

당신도
나도
겉모습만 보는 줄 알았습니다
속은 보이지 않을 줄 알았습니다

잊고 싶은 것
버리고 싶은 것들은
모두 그대 속에 있었습니다
가슴 타던 그리움마저도
그대 겉모습엔 없었습니다

정작 보아야 할 것은
숨기고 싶은 내면이었습니다
정돈되지 못한 부끄러운 속 모습
내 안의 나는,
그대 안의 우리는,
말 없는 눈짓으로 변치 않을 참사랑을 그립니다

그

속에서
참사랑은 인내와 용기를 얘기하고 있습니다

동굴 탐사

설레는 마음으로
경이의 눈동자로

위내시경 손잡이를 처음 잡던 날
창 밖엔 첫눈이 흩날리고 있었습니다.
떨리던 오른손과 마음을 진정시키며
태고의 신비를 찾듯 동굴 탐사를 시작했습니다.

내시경 검사를 받던 그 환자의 위장은
단 한 번도 빛이 닿지 않은 공동空洞이었습니다.

내시경 검사, 요즈음 나에겐 일상이 된 동굴 탐사입니
다.

베드 위의 환자가 막 잠이 들면
마우스피스가 물린 입구를 지나
조심조심 암흑의 통로로 헤드램프를 비추며
미지의 동굴동洞窟洞에 도착합니다.

병소를 놓칠세라 순간순간 긴장하며
검사 매뉴얼에 맞춰 면밀히 환자의 속을 들여다봅니
다.

종유석이라 이름 지은 〈용종〉이 보입니다.
벽면에는 작은 돌기들의 〈장 상피화생〉이 보이기도
합니다.
까칠해진 천정과 위축된 바닥, 물기 흐르는 통로,
동굴의 벽이 울리며 구역질 소리를 내기도 합니다.
그렇지만, 환자의 속마음만은 보이지 않습니다.

첫눈이 내린 오늘 아침에
병변을 조금만 늦게 발견했더라면,
목숨을 잃을 뻔했던 그 할아버지가
천수를 다하시고 돌아가셨다는 소식을 들었습니다.

오늘도 나는
달 표면에서 시료를 채취하던 〈닐 암스트롱〉이 되어,
내시경 집게로 검사조직을 채취하며,

어두운 거리에 촛불을 밝히는 마음으로

희망의 동굴에 사랑의 불빛을
조용히 비추고 있습니다.

사랑의 마그마

하늘이 파랗게 멍들고 있다
붉은 악마의 몸짓으로 열정의 마그마가
그의 가슴을 온통 검게 태워 버린다
불탄 흔적과 매운 검은 연기로 그을은 가슴은
유황 가스보다 더 독한 사랑의 연가를 부르고 있다
유물론자들은 독한 이 미명의 가스에 중독된 채,
그들의 연인들이
부끄럼 없이 그들의 사상을 흔쾌히 흡입한다
연인들의 혁명적인 반동은, 무저항의 사상에 중독된다
그리하여 마침내 비합리적인 이념마저, 합리화가 되고
중독된 뇌리를 뒤흔들고는, 검게 타버린 가슴을 헤집
고 들어선다
두드림으로 변한 격한 상처는, 마침내 가슴속 시퍼런
멍으로,
파스텔 같은 물감들로 시선이 닿는 모든 곳에 흩어져
내려진다
뜨거운 사랑의 마그마는
번득이는 뇌리마저 알코올 중독자처럼 마비시키고,
세상의 모든 아름다운 것은 슬픔으로 녹여지고,

위대한 괴물 같은 마그마에 저항할 힘마저 잃어버린다

미칠 듯 불타오르는 마그마는 세상을 어지럽히고, 질서마저 무너뜨린다

자존심도 무너뜨리고, 그렇게 저항하던 복종의 프레임마저 스스로 무너뜨리고,

사랑의 쾌락은 벌거벗긴 육체처럼 수치심 없는 눈물로 마무리되고,

혁명이 완성되는 순간,

열정의 마그마는 굳어버리고

붉은 악마의 몸짓도 바위 안에 갇혔다

처방전

가슴을 쥐어짠다는 이웃집 할머니에겐 심전도, 속이 따갑다는 박선생은 내시경, 기침 심한 한별이에겐 칭찬과 코푸시럽, 화를 못 다스려 속이 아픈 병원집 며느리는 차 한 잔과 하드록, 우울증에 빠진 몸짱 모델에겐 장미꽃과 바리움, 불면증 심한 취업 준비생 영준씨에겐 시 한 편과 자낙스, 유방 절제술로 한쪽 가슴이 없는 보람 엄마에겐 힘 있는 악수와 셀렌Q……

손을 씻고
가슴을 열고

늦은 밤
불빛조차 지친 진료실에서
나를 위한
오늘의 마지막 처방전을 쓴다
파릇한 시의 잉태를 위한,
건강한 출산을 위한,
습작習作 수액 주사

용량 제한 없음

환생還生

어느 여름날, 느닷없이 바다로 떠밀린 적이 있다 내동 댕이쳐진 나의 육신은 거꾸로 흐르는 조류 속의 나뭇잎 이었다 의식은 파랗고 하얀 색깔로 흐르다가 가물가물 한 빛으로 사라지고 아득한 하늘은 어둠으로 가득했다 얼마나 지났을까 물결소리에 눈을 떴을 때 해안으로 밀 려온 나를 볼 수 있었다 알을 낳기 위해 해변을 기어오 르는 거북이처럼 모래사장에 올랐을 때 비로소 보이던 하늘과 웅성거리던 사람들의 음성, 세상의 바람이

나를 일으켰다

누군가가 해운대 이안류離岸流를 '환생의 파도'라고 말 한다

저쪽을 한순간에 다녀왔다
저쪽의 기억이 없다

이쪽으로 내동댕이쳐진 파도가 나의 기억을 휩쓸고 간 것이겠지

저쪽으로 떠밀릴 때도 이쪽의 기억을 잃은 것처럼

나의 환생.

그렇다면 내가 오늘 그대에게 보내는 웃음이
전생의 웃음이 아닌지

그대와 나누는
국화차 향기는
미처 씻지 못한 저쪽의 바람인지도 모른다.

나를 증언해줄 단서는 끝내 찾을 수가 없다.

해운대 이안류에 휩쓸려 저쪽으로 밀려갔다가
다시 밀려온 조개들

그 위로 모래가 쌓이자 어느새 조개는 모래언덕이 된다
파도는 조개를 기억하지 않는다.

나를 덮쳐오는 수많은 세상의 파도 앞에서
나는 나를 잃어가며 환생의 이안류를 기다리고 있다.

3부

파도 2

온몸으로 달려간다
너와 하나가 되고 싶어
그래서 너를 부르며 소리치며
너에게로 너에게로 달려가지만,
너와 함께 하는 순간
부서진다

너와 함께 되는
찰나의 순간을 위해
끊임없이 부서지고 무너지는

나

파도 3

바닷가에 서면 파도가 밀려온다
밀려와
소리치는 순간
발밑에서 부서지며 밀려간다.

부서지고 부서지고
소리치고 소리치다가
부서지고 무수한 물보라로 부서져
내 가슴에
무지개로 떠오르는

어머니

오늘도 나에게로 끊임없이 밀려와
나를 적십니다.

고향의 동백꽃

거센
해풍 속에서도
차가운 눈발 속에서도
피어나는
사랑스런 울릉도 동백꽃

세상 풍파, 모진 고통
다 이겨 내자고
밤새 다짐하던 꽃망울이
꼬옥
다물었던 입술 벌리면
붉은 꽃잎 사이로
눈물 젖은 노란 꽃술이
치아를 드러내며 웃는다.

비린내 베인 아낙에게
희망을 보태 슬고
하얗게 짠 소금 묻어나던 아이에겐
용기를 부으며

강인함을 더해주던 동백꽃

오늘은
멍든 가슴 안은 채
눈시울 적시며
님 떠난
육지만 바라보고 있다

하
염
없
이

바다 너머

초등학교 시절
겨울방학을 마치고 학교에 가면
교실이 어딘가 모르게 허전했다.

순옥이 자리가 비어있다 늦는가 보다 하고
옆눈으로 그 자리를 지켜보았지만
그는 나타나지 않고 의자만 덩그렇게 놓여 있다.
"순옥이는 하늘나라에 갔단다"
선생님의 말씀을 듣는 내 가슴에 파도소리가 났고
친구들도 하늘나라에 간 순옥이를 위해 파도처럼 출렁
였다.

나는 커서 의사가 될 것이다.
그래서 치료를 받지 못해
하늘나라로 가야 하는 친구가 없게 할 것이다.

그날 이후

나는 바다 너머를 바라보면서

바다 너머
보이지 않는 길을 찾아
바다 너머
그 너머로
길을 그려 보았다.

무궁화 그림을 보며

진료가 끝난 공휴일 오후, 문득
벽에 걸린 어느 지인이 선물한
국향삼천리國香三千里란
화제畵題가 붙은
청단심靑丹心 무궁화
액자를 본다.

여름방학이면 고향마을 어귀에서
나를 반기며 활짝 웃던 그 꽃
꽃술과 꽃잎에 새겨진
단심이 너무 고아서
손바닥에 올려놓고
눈을 떼지 못하던
바로 그 꽃을 닮았다.

반시盤枾 열린 맑게 갠 가을날
고향집 담벼락 따라
집 떠나는 나를 무척 아쉬워하던
인정 많은 바로 그 꽃이다.

아침에 피었다가 저녁에 시들지만
수천 송이의 꽃을 쉼 없이 피우면서도
날마다 신선한 새 꽃을 보여주는
근면하고 끈기 있는 꽃이여
화려하면서도 소박한 꽃이여

일제 강점기
애국단체의 독립선언서에도
무궁화가 그려졌었고
조선 독립을 열망하는
소녀들의 자수에도
무궁화는 정결貞潔하게 피어있었다.

이제 우리는
태극기의 깃봉이 된 무궁화 봉오리를 따라
무궁화 심기 운동본부의 기치를 따라.

지금까지 무궁화가

대통령의 표장과
국회의원의 배지와
정부기, 법원의 마크 등에 형상화되어
그 존재를 가치를 나타내기도 했지만

우리 민족성을 닮은
우리나라 꽃 무궁화를
많이 심고 잘 가꾸며 널리 보급하여
대대손손 무궁무진 피고 지도록,
무궁화 꽃잎의 단심을 주시하며
일편단심 무궁화를
속으로 외쳐본다.

이 강산을 지켜다오
— 한국산림보호협회신문 창간에 부쳐

이런 가슴 아픈 일은
다시는 없어야 한다.

아마존 삼림이 점점 사라지고
남극의 오존층에 구멍이 뚫리는
더 이상의 아픔은 겪지 말아야 한다.
하나뿐인 지구를 살려야 한다.

대륙의 사막화는 막아야 한다.
슬그머니 덮쳐오는
황사와 미세먼지로 온 나라가
호흡곤란에 시달리고 있기에
숲의 고마움을 새삼스레 느낀다.

지난 시절 우리는
백두대간의 금강송을 바라보며
낙락장송의 절개와 강직함을 배웠었고
남산 위의 철갑송을 쳐다보며
한민족의 기개와 당당함을 외쳐왔다.

이제 우리는
팔공산 굽은 소나무에서의 끈기와
비슬산 누운 소나무의 겸손함을 배워야 한다.

한 번 훼손된 산림회복엔 최소 50년이 걸리고
이 땅은 누구의 영원한 소유가 아닌
잠시 빌려 쓰다 가는 땅임을 알고 있기에
더욱 아끼고 정하게 쓰다가
아름다운 강산을 자손에게 물려줘야 한다.

나무를 심자, 숲을 가꾸자, 그리고 보호하자!!
하루빨리 통일을 이룩해
헐벗은 국토의 상반신에 푸른 옷을 입혀야 한다.

몽고침입, 병자호란, 임진왜란과
한국전쟁의 참화 속에서도,
땔감으로의 시달림과
무분별 개발과 남벌의 위협 속에서도,

산불의 확산과 재선충의 감염 속에서도
묵묵히 살아남아
강산을 지켜온 우리의 나무, 소나무여!
말 많은 세상에 독야청청할지라도
할 말은 꼭하며, 이 강산을 지켜다오.

그날의 임이여
— 2 · 28 기념일을 기리며

1960년 2월 28일
독재의 광풍을 온몸으로 막으며
스스로 부서지리라, 떨어지리라
피어났던 꽃들이었다
임들의 순결한 영혼,
붉은 꽃으로 진 다음
민주와 자유의 씨앗으로 뿌려졌나니

이제 다시 민주의 꽃으로 피어난
그날 그때 꽃의 향기,
임들의 정신은
이 땅의 역사가 되고 미래가 되어

영원하리.

참 좋다

곧게 뻗으며
위만 쳐다보는
금강소나무보다
내려다볼 줄 아는
굽은 소나무가
정이 많아 더 좋다

햇볕은 덜 들지라도

굽은 가지 사이에는
편히 쉴 수 있는
그늘이 있어 참 좋다

버스정류장 박스에 기대어선
한 소녀의 굴곡진 겨드랑이 속으로
젖먹이가 엄마 품을 찾듯
겨울 햇볕이 찾아온다니 참 좋다

오늘, 한 소녀에게

여름이면 쉴 수 있는 그늘이 되고
겨울이면 엄마 품이 될
사랑터 소식을 접하니

참 좋다

어두운 거리에 촛불이 되고
안개 낀 뱃길에는 사이렌이 되고
항구를 찾는 고깃배엔 등불이 되고
아름다운 삶을 이어가는 다리가 될
사랑 마중물 소식에
희망과 기대로 가슴 설레니

참 좋다

수레에 싣고 다니던
금이 간 항아리에서 배어 나온 물이
길가에 새싹을 틔울 수 있었음을
우리는 서로 다를 뿐이지

틀리거나 나쁘지 않음을,
누구나 깨달을 수 있는

오늘이 있음에 참 좋다.

행복합니다

아침을 힘차게 열 수 있는
생명을 가진 나는
행복합니다

마음이 힘들 때 함께
할 수 있는 친구가 있는 나는
행복합니다

꽃을 쳐다보면 미소로 대답하는
얼굴 하나 있음에 나는
행복합니다

어두운 밤하늘에서도 별들을
초롱초롱하게 잠들게 하지 않는
희망이 있음에 나는
행복합니다

세상을 아름답게 하겠다는
뜻을 품고 함께 갈 수 있는 그대가 있음에

이 아침 나는 너무
행복합니다

별 3

어두울수록
빛난다

내 가슴이 아프면 아플수록
슬프면 슬플수록
외로우면 외로울수록
별처럼 떠오는

어머니

4부

첫사랑

파도가 섬을 덮쳤기 때문이다.

스무 살 첫사랑
멍든 것은

쓰나미처럼 밀려왔다
물거품으로 사라져간
이제는
가시내 가슴속
섬으로 떠도는
그리운

그

멍

별 2

휘야,

별이 보이지 않는 밤,
들려오는
어머니 음성

별이 된 당신은
밤마다
별처럼 내 안에서 초롱하다

창 밖의 풍경

창 밖의 풍경은 아름답다
지나가는 자동차도
길을 가는 사람들도
잎을 떨어뜨리고
앙상하게 서 있는 느티나무도
한결같이 아름답다

나와 다른 세계의 풍경이기에
보이지만
결코, 다가갈 수 없는 세상이기에

아름답다

사월의 행복

붉은 장미 넝쿨마다
베르테르의 편지가
기억되는 봄날입니다.
빨간 장미 꽃잎이
흐드러지던 날

성큼 내 앞에 서 있는 봄을 보았습니다.

끼니를 거르고
밤새 작업하던 날
쪽빛 하늘을 이고 있는
새벽을 보았습니다.

행복은
떨어진 장미 꽃잎에도
새벽 공간에도 그렇게 스며들어 있었답니다.

행복은, 우리 마음속에 느끼는 만큼
존재한답니다.

내 기도에는

비 갠 하늘
파아란 그곳에는
절망이나 눈물은 자리가 없습니다.

천길 폭포
무지개 서린 그곳에는
희망과 웃음이 있습니다.

천길 나락 그 바닥에서
뜨거운 눈물 치솟는 그곳에는
이제 행복만이 조용히 웃고 있습니다.

파도 1

외로울 때
외롭다고 말하는 대신에
너를 만나는 대신에
바다에 간다

바다에 가면
파도가 밀려왔다 밀려간다
우우우우
밀려오는 파도
그 무엇인가를 향하여 달려오는 듯하다가
순식간에 밀려간다
그 무엇인가를 남기고 가는 듯하면서도
모래알 하나 적시지 못한 채
우우우우
밀려가는 파도,

나,
너에게 밀려갔다 홀로 무너지는 파도였다

기도 2

모으는
두 손 위에
사랑을 담았습니다.

비 개인
하늘만큼
파아란 그곳에는
절망과 눈물이
한숨조차 없어져야 합니다.

모으는
가슴 속에
소원을 담았습니다

일곱 빛깔 고운 무지개가 있는 그곳에는
희망과
사랑과 행복만이
우리를 기다려 주길 빕니다.

모으는
그 심장 위에
피 끓는 뜨거운 눈물을 담았습니다.
누군가의 때 묻은 손을 씻어줄 때
내 두 손도 함께 깨끗이 씻겨 있듯

또 누군가를 위한 간절한 나의 기도는
인내와
감사가 함께하는
진정한 사랑입니다.

하얀 꽃처럼

산기슭 풀섶에 숨어 피는
하얀 꽃 한 송이.
붉은색은 지우고
노란색도 지우고
보랏빛도 지우고
꿈도 환상도 추억도 다 지워버리고
깨끗하고 거짓 없는
본디의 희고 흰 마음만으로
아침 맑은 햇살에
간절하게 꽃잎 오므리는
저 하얀 꽃.

하얀 꽃의 기도소리 들리는 이 아침
그런 꽃 천사 되어 아침 기도드립니다.
아팠던 과거의 기억들은 지우고
그래도 지울 수 없는
아픔들이 사람 사는 정표로
이렇게 두 손 모으게 합니다.
따뜻한 손길로 어루만지며

비움과 채움의 인술 펴는
그런 하얀 꽃 같은 의사.
지구 저 너머 우주로 사라져가는
하얀 생명들을 위해
이 아침 또다시 새롭게
하얀 가운을 꽃잎처럼 입게 하소서.

기도 3

눈을 뜨면 시작되는 아침이지만,
찬 가슴, 더운 가슴이 맞닿아
고동치는 심장과 폐의 선산宣散소릴 들으며
다친 생명에도 경이로운 미소를 볼 수 있도록
작은 마음 모으는 아침,

눈 감지만 이 시간은 기쁨입니다.

동공을 열면 들어오는 이 세상은
슬픔과 고통으로 가득할지라도,
나쁜 마음이 착한 마음으로 바뀌고
작은 상처 하나라도 생기生肌 돋아나도록
두 손 모으는 하루

눈 감지만 이 시간은 사랑입니다.

맑은 날 피어나는 뭉게구름의
잡을 수 없는 환상을 날려 보내도
높은 하늘과 푸른 산이

존재함에 감사하며
청진기에 울려오는 폐포음肺胞音을 담을지라도
쿨럭이는 해소 기침을 멎게 할 수 있음에
작은 가슴 여는 오후

눈 감지만 이 시간은 축복입니다.

고요 속에 들려오는 기차 소리, 욕 소리, 매미 소리
소음과 괴성마저 인내하며,
이명耳鳴의 명 처방을 공유하고
정성을 다해 공명共鳴하며
치유의 축복이 기쁨으로 전환되는
한숨 소리 모아 뱉는 찰나

눈 감지만 이 시간은 평화입니다.

엄마 냄새

세상 근심
빗발로 흩날려도
넉넉한 치마폭
벌려주시던,

이젠
거칠고 뭉퉁해진
어머니의 손

내 유년 아직도
그 손금 골골마다
숨어 놀 텐데

바다내음 향기롭던
그 손, 너무 멀어
행여 하여
내 손 펴고 맡아보는
엄마 냄새

봄비

떨어진 꽃잎이 젖는다
버려진 신발 한 짝이 젖는다
이제 막 돋아나는 나무의 새순이 젖는다
아스팔트도 조금씩 젖는다

어머니,
당신의 손길입니다
나도 젖습니다.

이제 다시 꿈꾸겠습니다

어머니 당신의 손길 속
그
푸른 세상을

사랑과 그리움으로 담아가는 실존적 긍정의 미학
― 박언휘의 시세계

유 성 호(문학평론가 · 한양대학교 국문과 교수)

1. 아스라하게 번져가는 경험과 기억의 깊이

박언휘朴彦輝의 시는 우리의 삶을 규율하고 유지해가는 근원적 정서인 '사랑'과 '그리움'을 소중하게 안아들이는 실존적 노래이다. 시인은 자신의 삶에서 비롯되는 운명이나 슬픔을 불러들이면서 그것들이 끊임없이 서로 매만지면서 결속해가게끔 한다. 이번 첫 시집은 이러한 그녀의 언어와 열정이 갈무리한 산뜻하고 아름다운 미학적 화폭이라 할 수 있을 것이다. 아닌 게 아니라 그녀의 시는 절절한 자기 고백과 확인을 창작 동기로 삼으면서 시인 자신의 성찰과 다짐을 매개로 하여 착상되고 표현된다. 그 저류底流에는 시인 스스로 겪어온 오랜 경험이 녹아 있고, 시인은 자신이 상상해온 근원적 세계를 더없이 선명하게 보여준다. 이처럼 박언휘의 시는 자기 표현의 정직성을 모토로 하면서 대상과의 친화까지 소망하는 균형을 취하고 있다. 특별히 고백성이라는 측면에서 보면 그녀의 시는 정직성의 한 극점을 보여주고 있는데, 그것은 그녀의 시가 사물의 이면에 숨겨진 상처를 노래하면서도 내면의 활달하고도 내밀한 역동성을 진솔하게 발화하고 있기 때문일 것이다. 그 안에서 우리의 감각도, 경험이나 기억의 깊이도 아스라하게 번져가고 있다. 이제 그 언어 속으로 한 걸음씩 들어가 보도록 하자.

2. 고독과 사랑을 담은 '파도'와 '바람'의 노래

원래 사물은 외따로 떨어진 원자原子로서 존재하지 않고 서로 긴밀하고 촘촘한 내적 관련성을 유지하게 된다. 물론 시인이 상상하는 사물들의 관계는 합리적 인과율보다는 시인의 경험적 시선에 의해 채택될 때가 많을 것이다. 박언휘의 시는 사물의 순간성을 통해 감각의 쇄신과 인지의 충격을 뜻 깊게 선사하면서 우리로 하여금 삶이 단선적으로 진행하는 것이 아니라 수많은 요소들이 얽히면서 흘러가는 실체임을 알게끔 해준다. 이때 그녀의 시는 사물에 새로운 의미를 부여하는 작업과 함께 그 의미를 자신의 삶과 등가적으로 결합하려는 의지에서 비롯하는 것이다. 결국 사물과 내면의 상호 조응을 스스로의 시선으로 포착하고 해석하는 과정에서 박언휘 시의 예술성이 생성되는 것인데, 여기에는 이성적 규율과 낭만적 충동이 균형적으로 개입하고 있다 할 것이다. 그래서 우리는 그녀의 시편에서 감각의 희열 뒤에 피어나는 슬픔의 가능성을 읽어낼 수도 있고, 슬픔 너머 있을 법한 사랑과 그리움의 파동을 느낄 수도 있을 것이다. 먼저 다음 시편을 읽어보자.

> 외로울 때
> 외롭다고 말하는 대신에
> 너를 만나는 대신에
> 바다에 간다
>
> 바다에 가면
> 파도가 밀려왔다 밀려간다
> 우우우우
> 밀려오는 파도
> 그 무엇인가를 향하여 달려오는 듯하다가
> 순식간에 밀려간다
> 그 무엇인가를 남기고 가는 듯하면서도
> 모래알 하나 적시지 못한 채
> 우우우우
> 밀려가는 파도,
>
> 나,
> 너에게 밀려갔다 홀로 무너지는 파도였다
>
> ─「파도 1」 전문

시인은 파도를 통해 자신의 고독을 돋을새김하고 나아가 스스로 파도가 되어가는 과정을 섬세하게 보여준다. 외로움이 정점에 다다랐을 때 '너'라는 2인칭보다는 바다로 먼저 뛰어갔던 '나'는, 밀려왔다 밀려가는 파도의 움직임이 누군가를 향해 달려갔다가 돌아오곤 했던 자신의 모습을 닮았다고 느낀다. 그렇게 '나'는 모래알 하나 적시지 못하고 밀려갔다 마침내 홀로 무너지는 파도였던 셈이다. 박언휘 시인은 이렇게 파도의 비유적 존재론을 통해 누군가를 향한 열망과 좌절 그리고 고독의 마음을 애절하게 노래한다. 그렇게 파도는 "너와 함께 되는/ 찰나의 순간을 위해/ 끊임없이 부서지고 무너지는// 나"(『파도 2』)로 시인을 각인하기도 하고, 순간순간마다 "나를 덮쳐오는 수많은 세상의 파도"(『환생還生』)로 몸을 바꾸어가기도 한다. 어느 쪽이든 파도와 시인은 빼닮은 생태를 견지하고 있다 할 것이다. 다음은 어떠한가.

나를 비웠다.
나를 버렸다.

소나무에게 가면 솔바람이 되고
대나무를 스치면 대바람이 되었다
꽃을 스치면 꽃향기로 흐른다
간혹
폭풍으로 너를 무너뜨리고

너의 뿌리를 흔들지만
그 자리에
새 세상의 싹을 숨기는 것을 잊지 않는다.

완벽하게
나를 버리는 순간,
너 앞에서 사라져
오히려 너를 안고 흔들 수 있다.

— 「바람의 노래」 전문

'파도'가 '너'를 향한 열망과 고독을 부조浮彫해주었다면
'바람'은 스스로를 비우고 버리며 '너'를 향해 다가가는
역할을 마다하지 않는다. '나'는 어느새 솔바람이나 대바
람이 되어 꽃향기로 흐른다. 더러 '폭풍'이 되어 '너'를 무
너뜨리거나 뿌리를 흔들 때도 있지만 그 자리에 "새 세
상의 싹을 숨기는 것"을 잊지 않는다. 이때 바람의 사랑
이 차분하게 제시된다. 그렇게 완벽하게 '나'를 버린 채
사라져버린 바람이야말로 '너'를 안고 흔들 수 있다지 않
는가. 그렇게 불린 '바람의 노래'는 '시인 박언휘'의 역설
적 소망이 담긴 아름다운 실존의 노래이기도 할 것이다.
여기서 '바람'은 "너와 나, 다르지 않고/ 이것과 저것이
하나인"(「12월의 숲에서 보내는 편지」) 상태를 넌지시 알려
주는 동시에 "세상을 아름답게 하겠다는/ 뜻을 품고 함
께 갈 수 있는 그대"(「행복합니다」)를 확인시켜주는 충실

한 매개체가 되고 있는 셈이다.

이처럼 박언휘는 파도나 바람 같은 자연 사물과 동화되어 그것들의 목소리를 빌려 '너'라는 2인칭을 향한 고독과 사랑의 항해를 지속해간다. 이별이나 파국 같은 비극성과는 일정한 미적 거리를 유지하면서 '너'를 향한 애틋한 기억을 지속적으로 뿌리고 있는 것이다. 그렇게 시인은 사물에 빗대어 자신의 경험을 은유하면서 그것에 자신의 기억을 한껏 결속해간다. 그러한 각별한 경험과 기억을 '시적인 것'으로 변형하는 데 일관된 적공積功을 들인다. 그러한 방법을 통해 자신이 살아왔고 또 살아가야 할 삶의 지표를 유추하고 성찰하는 개성적 방법론을 취한다. 그 결과가 바로 고독과 사랑을 담은 '파도'와 '바람'의 노래였던 것이다.

3. 존재론적 기원으로서의 '울릉도'와 '어머니'

이번 시집에서 박언휘 시인은 자신의 존재론적 기원 origin이라고 할 수 있는 고향과 어머니를 선명하고도 풍부하게 소환하여 자신의 뿌리 찾기를 시도하고 있다. 가령 시인은 스스로 태어나고 자란 '울릉도'를 자신의 발원지로 호명하고, '어머니'를 궁극적인 신성神聖의 거소居所로 규정한다. 섬에서 태어나 어머니와 함께 "내 고향 울릉도를 닮은 반달"(「달밤」)처럼 자라난 시간을 항구적으로 남기려는 듯이 시인의 손길은 한결같이 옛 기억을 향해 거슬러 올라간다. 그렇게 시인은 서정시의 고전적 직능이 기억을 통해 이루어진다는 것을 확연하게 증언하고 있다. 더욱이 이번 시집에서 그녀는 오랫동안 묻어온 삶의 기억을 탈환하는 상상력을 가멸차게 보여주는데, 말하자면 중요한 삶의 순간들을 찾아내는 기억의 작용을 아름답게 활용하고 있는 것이다. 존재론적 기원으로서의 고향 '울릉도'가 그 중심에 있음은 말할 것도 없으리라.

> 어릴 적 눈을 뜨면
> 바다는 홀로 뒤척이고 있었다
> 가뭇없이 뒤척이는 바다를 바라보면
> 하늘과 맞닿은 수평선
>
> 바다는
> 하늘이고 땅이었다
>
> —「울릉도」 전문

'울릉도鬱陵島'는 청마 유치환의 시편에서 "동쪽 먼 심해선深海線 밖의/ 한 점 섬"으로 묘사되었지만, 박언휘에게는 홀로 뒤척이는 바다, 하늘과 맞닿은 수평선 그리고 그것을 바라보는 "어릴 적" 시인을 담은 기억의 표지標識로서 다가온다. 어릴 적 소녀는 눈을 뜨면 언제나 홀로 가뭇없이 뒤척이는 바다를 바라보곤 했다. 하늘과 맞닿은 수평선을 바라보던 순간에 "바다는/ 하늘이고 땅"이었음을 알게 된 소녀의 마음에 울릉도는 언제나 스스로 귀환해야 하는 존재의 뿌리로 다가왔던 것이다. 이러한 시편에서 우리는 박언휘 시인의 절실한 존재 확인의 순간을 만나게 되고, 그 안에서 흔치 않은 정신적 고양을 함께 경험하게 된다. 그리고 그러한 고양 경험은 우리에게 존재 전환의 활력과 함께 삶을 견디고 치유하는 기회를 가져다준다. "동해의 작은 섬, 내 고향 울릉도/ 그 곁에 홀로 선 독도"(「독도」)까지 포괄하면서 이러한 기회는 차츰 확장되어 시인으로 하여금 "바다 너머/보이지 않는 길을 찾아/ 바다 너머/ 그 너머로/ 길을"(「바다 너머」) 정성스럽게 그려가게끔 했을 것이다.

그해 겨울
소녀는 봄을 꿈꾸었다
중학생 교복을 입은 단발머리 소녀가
도시의 거리를 거닐며
친구와 개나리꽃처럼 종알거리는 모습을 그렸다

그해 봄
파도는 섬을 향해 몰아쳤고
배는 떠나지 못했다

석 달이나
섬은 바다 안에 갇혔다

소녀는
대구로 진학하는 꿈을 가슴에 묻어야 했다
울릉도
그 안에 갇혔다

그러나
아무리 높은 파도라도
소녀의 꿈은
갇히지 않았다.

—「울릉도의 꿈」 전문

　울릉도의 한 중학생이던 "단발머리 소녀"는 그해 겨울
에 "봄"의 꿈을 꾸었다. 도시의 거리를 거닐면서 친구들
과 개나리꽃처럼 종알거리는 꿈이었다. 하지만 봄이 찾
아왔을 때 섬을 몰아치던 파도로 인해 소녀는 석 달 동
안 뭍으로의 고교 진학 꿈을 가슴에 묻어야 했다. 그러
나 아무리 높은 파도라 할지라도 그녀의 꿈까지 가두지
는 못했다. 마침내 그녀가 가슴 깊이 가졌던 '울릉도의
꿈'은 "도동항을 떠나는 뱃머리"(「울릉도 일기」)에서 시작
되어 "거센/ 해풍 속에서도/ 차가운 눈발 속에서도/ 피
어나는/ 사랑스런 울릉도 동백꽃"(「고향의 동백꽃」)처럼
강인하고 아름다운 모습으로 구체화해갔을 것이다. 그
러한 그녀의 꿈이 이번 시집 안에는 그득하게 펼쳐져 있

다. "가시내 가슴속/ 섬으로 떠도는/ 그리운// 그// 멍"
(「첫사랑」)의 아름다움도 그 세월 안에 선연하게 흐르고
있을 것이다.

세상 근심
빗발로 흩날려도
넉넉한 치마폭
벌려주시던,

이젠
거칠고 뭉툭해진
어머니의 손

내 유년 아직도
그 손금 골골마다
숨어 놀 텐데

바다 내음 향기롭던
그 손, 너무 멀어
행여 하여
내 손 펴고 맡아보는
엄마 냄새

―「엄마 냄새」 전문

어디선가 시인은 "울릉도는 나의 어머니"(「울릉도 어머

니」)라고 했거니와, 그만큼 어머니는 고향과 고스란히 겹쳐 떠오르는 존재가 아닐 수 없다. 말할 것도 없이 어머니는 세상 근심 걱정 앞에서도 늘 "넉넉한 치마폭/ 벌려 주시던" 분이다. 비록 세월의 흐름에 따라 어머니의 손은 거칠어졌지만 시인의 유년은 지금도 "그 손금 골골마다/ 숨어" 놀고 있다. "바다 내음 향기롭던/ 그 손"이 그리워 시인은 자신의 손을 펴고 "엄마 냄새"를 맡아본다. 그렇게 "내 가슴에/ 무지개로 떠오르는// 어머니"(「파도 3」)는 "손길 속/ 그/ 푸른 세상"(「봄비」)으로 시인을 키우시고는 "가슴이 아프면 아플수록/슬프면 슬플수록/ 외로우면 외로울수록/ 별처럼 떠오는"(「별 3」) 존재로 우뚝하시다. 이제 박언휘의 시에서 '어머니'는 '울릉도'와 함께 움직일 수 없는 기원의 상징이 된 것이다.

원래 서정시에서 시인이 치러가는 기억의 과정에는 시간의 흔적을 들여다보는 행위가 늘 따라다닌다. 이는 시간의 흐름을 따라 스스로를 완성해가는 과정을 담아내기도 하는데, 특별히 박언휘 시인은 그러한 과정을 매우 아름답게 각인해간다. 이때 시간은 누구에게나 공평하게 주어진 객관적인 것이 아니라 삶의 구체성에서 경험되고 기억된 주관적인 것을 말한다. 이처럼 우리는 '소녀 박언휘'에서 시작하여, 오랜 시간을 따라 흘러온 '시인 박언휘'를 한꺼번에 만나게 된다. 이 또한 여전히 그녀가 스스로의 삶을 기억하고 성찰하는 시인임을 알려주는 지표일 것이다. 아득한 존재론적 기원인 '울릉도'와 '어머니'가 그 한가운데 있다. 그리고 그 기원은 "스스로 떨어져/ 열매를 키운"(『인간의 한계』) 시간 속에서 "열매를 남기기 위해/ 스스로/ 떨어질 줄"(『꽃에 대하여 1』) 알아가는 지혜까지 가르쳐준 것이다.

4. '의사-시인'으로서의 원체험

원체험原體驗이란 시인이나 작가의 언어와 감각을 지속적으로 지펴주는 원동력이자 견고한 생성적 원리가 되어준다. 가령 시인이나 작가는 원체험을 지속적으로 변형하면서 자신의 동일성을 형성하고 나아가 타자와의 관계를 사유하면서 자신의 정체성을 규정해가게 된다. 이때 원체험을 변형하는 과정에서 사후적 경험이 적극적인 매개 역할을 하는 것은 꽤 자연스러운 일이다. 이러한 파생을 주도해가는 경험은 서정시의 가장 중요하고도 전형적인 자산이 되는 것이다. 박언휘 시인은 구체적 경험 속에 웅크린 주관적 느낌으로서의 시간을 자신의 시적 토양으로 삼으면서, 지나온 시간의 원체험에 대하여 사후적 경험에 이한 호혜적 기율을 만들어간다. 그점에서 우리는 박언휘의 시가 '기억술로서의 서정시'임을 알게 된다. 그 안에 수많은 인생론적 비밀을 품으면서 시인은 삶의 광장에 굳건히 서 있다. 그러한 원체험의 주인공이 바로 '의사醫師-시인詩人'으로서의 박언휘일 것이다.

> 출근하면 기다리는 환자들의 아픔과 마주한다
> 청진기에서 들려오는
> 그들의 몸 안의 소리들,
> 고통의 소리들,
> 그 안에 숨어 있는
> 말 못하는 슬픔을 찾아가면
> 불면이 있고 고통이 얽혀 뒤척이고 있다.
>
> 그 안에서 떠돌고 떠돌면
> 어느 새 하루가 저문다.
>
> ─「하루」 전문

> 늦은 밤
> 불빛조차 지친 진료실에서
> 나를 위한
> 오늘의 마지막 처방전을 쓴다
> 파릇한 시의 잉태를 위한,
> 건강한 출산을 위한,
> 습작習作 수액 주사
>
> ─「처방전」 중에서

　이 작품들은 "출근하면 기다리는 환자들의 아픔과 마주한" 시간을 원체험으로 '의사 박언휘'가 스스로의 몸에서 나는 소리를 들으면서 스스로에게 내리는 처방 같은 위상을 지닌다. 청진기에서 들려오는 환자들의 소리 안에 숨어 있는 "말 못하는 슬픔"은 시인에게 전이되어간다. 이때 시인 스스로 "그 안에서 떠돌고 떠돌면" 하루가 다 저물어간다. 그런가 하면 "늦은 밤/ 불빛조차 지친 진료실"에 남아 "나를 위한/ 오늘의 마지막 처방전"을 쓰는 의사는 "파릇한 시의 잉태를 위한,/ 건강한 출산을 위한,/ 습작習作 수액 주사"를 스스로에게 처방하는 시인으로 존재 전환을 한다. 우리는 이러한 고통과 진단과 처방 과정에서 '의사-시인'으로서의 박언휘를 선명하게 바라보게 된다. '의사-시인'으로서 느끼는 필연적 희로애락을 보여주면서 그녀는 전언의 투명성과 진정성을 우리에게 전하고 있는 것이다. 이때 그녀만의 존재론이 스스럼없이 양각陽刻된다. 그리고 그녀의 시는 회상과 깨달음의 과정을 통해 우리가 잃어버리고 살아가는 어떤 가치에 대한 인지적이고 정의적인 충격을 선사해준다. 물론 이러한 기능으로 박언휘 시의 의미를 다 설명할 수 있는 것은 아니다. 그녀의 시는 고통과 불면의 시간을 품으면서 그 시간을 함께하는 치유의 기운으로 충만하니까 말이다. 말하자면 '의사-시인'은 "추운 이웃을/ 다독이는 착한 마음"(『봄꽃』)으로 "자신을 비워 남을 채우고/ 스스로 디딤돌이 되어/ 나 아닌 너를 일으켜 세우는"(『봉사』) 작업을 마다하지 않는다. "희망의 동굴에 사랑의 불빛을/ 조용히"(『동굴 탐사』) 비추면서 "비움과 채움의 인술 펴는/ 그런 하얀 꽃 같은 의사"(「하얀 꽃처럼」)
로서 그녀는 우리 앞에 서 있는 것이다. 다음 시편은 근
원에서부터 우리가 잃어버리고 살아가는 것에 대한 인
지적이고 정의적인 충격을 순간적으로 점화點火한 실례
로 뚜렷하다.

진료가 끝난 공휴일 오후, 문득
벽에 걸린 어느 지인이 선물한
국향삼천리國香三千里란
화제畵題가 붙은
청단심靑丹心 무궁화
액자를 본다.

여름방학이면 고향마을 어귀에서
나를 반기며 활짝 웃던 그 꽃
꽃술과 꽃잎에 새겨진
단심이 너무 고와서
손바닥에 올려놓고
눈을 떼지 못하던
바로 그 꽃을 닮았다.

반시가 열린 맑게 갠 가을날
고향집 담벼락 따라
집 떠나는 나를 무척 아쉬워하던
인정 많은 바로 그 꽃이다.

아침에 피었다가 저녁에 시들지만
수천 송이의 꽃을 쉼 없이 피우면서도
날마다 신선한 새 꽃을 보여주는
근면하고 끈기 있는 꽃이여
화려하면서도 소박한 꽃이여
　　　　　　　　　　　　　　　—「무궁화 그림을 보며」 중에서

　시인은 진료가 끝난 휴일 오후에 어느 지인이 건네준
"국향삼천리國香三千里란/ 화제畵題가 붙은/ 청단심靑丹心 무
궁화/ 액자"를 바라본다. 여름방학마다 고향마을 어귀에
서 자신을 반기던 무궁화가 그 순간 떠오르는데, 그림
속 무궁화와 기억 속 무궁화가 무척이나 닮았기 때문이
다. 가을날 고향집 담벼락을 따라 피어나곤 했던 무궁화
는 시인이 집을 떠날 때마다 아쉬움을 보여주던 인정 많
은 꽃이다. 물론 그 '인정'은 시인의 마음에서 유추적으
로 투사投射된 것일 터이다. 이처럼 이 시편은 수없이 많
은 꽃을 피우면서도 날마다 새로운 꽃의 자태를 보여주
는 근면하고 끈기 있는 꽃이 우리 공동체의 속성을 비유
하면서 우리에게 찾아오는 순간을 담았다. 그러고 보니
시인은 여러 시편에서 "팔공산 굽은 소나무에서의 끈기
와/ 비슬산 누운 소나무의 겸손함을 배워야"(「이 강산을
지켜다오」) 한다고 노래했고 "위만 쳐다보는/ 금강소나무
보다/ 내려다볼 줄 아는/ 굽은 소나무가/ 정이 많아 더

좋다"(「참 좋다」)라고 노래하였다. "붉은 꽃으로 진 다음/ 민주와 자유의 씨앗으로"(「그날의 임이여」) 피어난 시간을 강조하면서 공동체가 꾸려온 역사에 대한 본원적인 자랑스러움을 잊지 못하는 것이다. 일상의 분주함으로 인해 우리가 잃어버리고 살아가는 가치에 대한 인지적이고 정의적인 충격을 허락하는 실례로서 과연 부족함이 없지 않은가.

우리가 잘 알듯이, 한 편의 작품 속에 구현된 시간은 물리적 시간 자체가 아니라 작품 내적으로 재구성된 시간이다. 우리가 원체험이라고 칭하는 것도 마음의 지층에 남은 화석처럼 오랜 시간 속에서 변형된 흔적으로 남은 것일 터이다. 박언휘 시인은 언어의 고고학자처럼 의식 건너편에 있는 이러한 원체험을 상상적으로 변형하고 복원하면서 시간에 대한 매혹적이고도 아득한 시선을 기록해간다. 박언휘의 첫 시집은 그렇게 낡고 소멸해가는 시간에 대한 그리움의 힘으로 쓰이고 있는 것일 터이다. 결국 시인은 시집 전체를 통해 그러한 원체험의 흔적을 선명하게 남겨놓고 있는 것이다.

5. 희망의 원리로 나아가는 긍정의 미학

박언휘 시인은 아프게 통과해온 지난날들에 대한 충실한 재현 과정을 담으면서, 그 시간 속에서 소용돌이치는

남다른 기억에 자신의 열정을 바치는 모습을 선명하게 보여준다. 지난 시간을 추스르고 응시하는 삶의 형식에 대해 뜻 깊은 질문을 거듭하고 있는 것이다. 이때 그녀가 추구하는 삶의 형식이란 생을 구성하고 펼쳐가는 원리로서의 정신적 차원을 또렷하게 함의하는데, 그녀는 이러한 형식을 자신만의 기억과 언어로 힘있게 그려간다. 그 안에는 내면과 사물을 잇고 통합하는 친화와 결속의 에너지가 충일하게 담겨 있는데, 그 에너지는 고통의 시간을 지나 희망의 원리로 성큼 나아가는 모습을 보여준다. 한없이 찾아온 고통을 마음 깊이 품은 채 희망의 원리로 나아가는 긍정의 미학이 말하자면 박언휘 시학의 핵심이었던 셈이다.

비 갠 하늘
파아란 그곳에는
절망이나 눈물은 자리가 없습니다.

천길 폭포
무지개 서린 그곳에는
희망과 웃음이 있습니다.

천길 나락 그 바닥에서
뜨거운 눈물 치솟는 그곳에는
이제 행복만이 조용히 웃고 있습니다.
　　　　　　　　　　　　　 —「내 기도에는」 전문

박언휘 시인의 기도에는 절망이나 눈물 대신 희망과 웃음이 가득 고여 있다. 그녀의 기도가 향하는 곳은 "비 갠 하늘/ 파아란 그곳" 혹은 "천길 폭포/ 무지개 서린 그곳"인데, 이렇게 찬연하고 심미적인 "천길 나락 그 바닥에서/ 뜨거운 눈물 치솟는 그곳"에서 시인은 "행복만이 조용히 웃고" 있음을 열망하게 된다. 기도를 드리는 눈을 감을 때조차 "이 시간은 사랑"(「기도 3」)으로 가득할 것이고, "세상의 모든 아름다운 것은 슬픔으로 녹여지고"(「사랑의 마그마」) 있을 것이다. "누군가의 때 묻은 손을 씻어줄 때/ 내 두 손도 함께 깨끗이 씻겨 있듯"(「기도 2」)이 시인의 손길은 하염없이 "행복은, 우리 마음속에 느끼는 만큼/ 존재"(「사월의 행복」)임을, "참사랑은 인내와 용기를 얘기하고"(「장미의 소원」) 있음을 증언해갈 것이다. 그것이 그녀가 드리는 기도의 심층적 존재 이유일 것이니까 말이다.

늦가을 문득 날아드는
엽서 한 장의 반가움처럼
그냥 척, 안겨오는 이름이 있다.

때로는 가문비나무처럼 꿋꿋하다가도
때로는 은사시나무처럼 떨고 있다가도
묵혀진 이름이 눈시울에 걸릴 때가 있다.

잡다한 일상 속 잊혀져가는 이름인데도
생의 그늘 속 멀어져가는 이름인데도
옛날식 다방 커피 한 잔,
찌그러진 주전자 동동주 잔 위로
가물가물 떠오르다 마는 이름.
그 얼굴 그 눈빛만은 선한데도,

그냥 허옇게 웃기만 해도 좋을 우리.
세월이 긋고 간 주름 깊은 얼굴일지라도
허름한 지갑 한쪽에 꼭꼭 아껴둔 벗들,
그 이름들, 오늘은 왜 이리 동동동 떠오르는지.

—「이름」전문

　시인에게는 잊을 수 없는 소중한 이름들이 여럿 있다. 마치 윤동주가 별 하나마다 아름다운 이름들을 불러본 것처럼, 박언휘 시인은 "늦가을 문득 날아드는/ 엽서 한 장의 반가움처럼" 안겨오는 이름들을 일일이 호명하고 있다. 그 낯익은 이름들은 가문비나무처럼 꿋꿋하다가 은사시나무처럼 떨던 시간을 관통하면서 마침내 시인의 눈시울에 걸린다. 잊어버리고 멀어져갔지만 "옛날식 다방 커피 한 잔"처럼 가물가물 떠오르다 가라앉곤 하는 그 이름들은 지금도 얼굴과 눈빛이 선하게 남아 있다. "세월이 긋고 간 주름 깊은 얼굴"을 불러보는 시인의 마음은 "허름한 지갑 한쪽에 꼭꼭 아껴둔 벗들,/ 그 이름들"을 자신의 실존적 자산으로 고백하고 있는 것일 터이다. 이렇게 박언휘 시인에게 사랑스러운 이름들은 "문득 부르면/ 긴 갈기를 세우고 안겨오는 이"(「이름을 부르면」)처럼 다가오기도 하고, "밤마다/ 별처럼 내 안에서 초롱"(「별 2」)하기도 하고, "나와 다른 세계의 풍경이기에/ 보이지만/ 결코 다가갈 수 없는 세상"(「창 밖의 풍경」)처럼 아득하고 아늑하게 남기도 할 것이다.

이렇듯 박언휘 시인은 아득한 고통과 망각의 세월을 지나 새로운 기억과 희망의 원리로 자신의 긍정의 미학을 완성한다. 지나온 시간 탐구에 매진하면서 새로운 시간에 대한 경험과 해석을 지속적으로 형상화한다. 물론 이러한 현상 이면에는 독자적인 시간 경험을 해석하고 수용하는 그녀의 '시쓰기' 과정이 가로놓여 있다. 이 모든 것이 그녀의 고단하고도 보람 있는 '시쓰기'가 쌓아온 예술적 결실이자 그녀가 열어가야 할 역설적 미래이기도 하지 않겠는가. 인간 보편의 근원적 지경地境을 찾아가는 순간들이 그러한 시인으로서의 가파르고도 굳건한 도정을 환하게 비추어줄 것이다.

우리가 천천히 읽어왔듯이, 박언휘 첫 시집의 음역音域은 단연 '사랑'과 '그리움'의 몫에 있다. 그녀는 사랑과 그리움을 통해 자신이 앞으로 세월을 거듭하면서 심화해갈 시적 원형들을 보여주었다. 물론 그것은 아름다웠던 지난 시간에 대한 낭만적 추억이나 미래에 대한 밝은 희망을 위해서가 아니라, 무심한 시간의 흐름 안에서 소멸해갈 수밖에 없는 인간 보편의 운명에 대한 사랑과 그리움을 증언하기 위해 등장한 것이다. 시인은 그만큼 사물들의 존재방식을 고쳐보거나 그것을 새로운 차원으로 이끌려는 모험을 감행하지 않는다. 뭇 사물들이 뿜어내는 매혹보다는 그 이면에 숨겨져 있는 또 다른 삶의 형식을 바라보려는 간단치 않은 욕망을 견결하게 가지고 있을 뿐이다. 그녀는 그러한 욕망을 사랑과 그리움의 힘으로 단단하게 담아낸 것이다. 이제 우리는, 이처럼 빛나는 미학적 성취를 이루어낸 이번 시집에 경의와 축하의 말씀을 드리면서, 박언휘 시인이, 사랑과 그리움으로 담아가는 실존적 긍정의 미학을 보여준 이번 시집을 딛고 넘어, 더 깊은 미학적 진경進境으로 훤칠하게 나아가기를 소망하고 또 기대해보는 것이다.

■ 박언휘 연보

1956년1월 6일: 경상북도 울릉군 남면 도동 출생.

1961년 2월: 울릉 유치원 졸업.

1968년 2월: 울릉초등학교 졸업(세계유네스코 글짓기대회 수상, 『소년중앙』동시 입상).

1968년 3월: 폭풍으로 배가 3개월간 결항으로 육지중학교 진학 못 하고 울릉중학교 입학 (『학원』잡지 글짓기대회 수상, KBS 라디오 방송 글짓기 수상).

1971년 2월: 울릉중학교 졸업.

1973년 10월: 대구여자고등학교 입학(무작정 대구로 고등학교진 학을 위해 섬을 탈출).

1974년 2월: 대구여고 졸업(『여학생』잡지 글짓기대회 수상과 함 께 표지모델. KBS라디오방송 출연-어떻게 하면 공부를 잘할 수 있을까?).

1974년: 경북대학교 의과대학 입학.

1982년 2월: 경북대학교 의과대학 졸업(2년간 휴학, 부모님의 사 업실패로 인해 자살 시도, 재학 중 연극, 라디오 방송, 대 학교 교내 음악방송 DJ. TV 방송, 현재까지 패션모델로 활동).

1982년 3월: 2년간 경북 성주 및 청도보건소 근무-국가 장학금 반환조건(연극, 라디오 및 TV 방송 출연).

1984년 5월: 미국 뉴욕 주립대학병원 근무.

1989년~1997년: 미국영주권을 반납하고 귀국 후 동국대학 및 경 북대학교에서 근무.

1998년~2012년: 경산한의대학교 양방병원 원장 및 내과 교수.

2014년~현재: 박언휘종합내과 원장, 한국노화방지연구소이사장, 박언휘_슈바이쳐 나눔재단이사장, 한국보훈정책연구소 이사장.

2016년: 『국보문학』(신춘문예 시 및 수필) 등단, 2019년 『문학청 춘』재등단. 국제 PEN클럽 홍보이사, 한국문인협회 및 대구문인협회 정회원, 시인, 수필가, 칼럼니스트로 여러 곳에 기고

2016년 시전문 계간지『시인시대』를 창간하여 발행인을 지금까지 맡고 있다.

현재까지 한국 의사 시인협회 부회장, 한국의사수필가협회 감사, 이상화 기념사업회 이사장, 한국PEN문학 홍보이사, 한국문인협회 정회원, 시전문 계간지『시인시대〉 발행인, 대한 적십자사 경상북도 지사 상임부회장, 재)대구 · 경북 울릉향우회장으로 활동하고 있다.

*저서

『박언휘 원장의 건강이야기』

『내 마음의 숲』

『미래를 향하는 선한 리더십』

『안티에이징 명인 박언휘 의사가 들려주는 안티에이징의 비밀』

『청춘과 치매』

『세상을 바꾼 여성 리더십』외 다수.

*수상실적

박언휘종합내과원장

소화기내과전문의, 의학박사

시인, 수필가, 칼럼니스트

동아일보가 선정한 전국명의

2018년 전국 100대 명의

대한민국 사회봉사대상(2009) 및 올해의 의사상

제8회 국민 추천 의료봉사 대통령 포장(2019)

자랑스러운 대구 시민 대상(2019)

장영실 과학상 수상

국회의장 표창

보건복지부 장관상

환경부 장관상

대구시 수성구 자랑스러운 시민상

자랑스러운 울릉군민상

자랑스런 장애인회 대상

자랑스런 경북대인

황금알 시인선